Jonathan im Labyrinth

Aus dem Englischen von Salah Naoura

Nick Butterworth

Edition Riesenrad

*Im Blattwerk der Hecke
klafft plötzlich ein Tor.
Du blickst in das Grün,
    stehst zögernd davor.
Verschlungene Pfade
    führen hinein,
mal kommst du weiter,
    mal nur zum Schein.
Links oder rechts,
    ein verwirrendes Spiel,
doch schließlich erreichst du
    die Mitte, das Ziel.
Dort ist es herrlich,
    doch willst du zurück,
brauchst du Geduld
    und ziemlich viel Glück.
Dieser Garten ist listig,
    er trickst einen aus.
Man kommt leicht hinein,
    aber schwer nur hinaus!*

Jaja, das ist schlimm", sagte Parkwächter Jonathan zu seinem kleinen Freund. Seit einiger Zeit pflegte Jonathan ein kleines Eichhörnchen, das vom Baum gefallen war und sich dabei am Arm verletzt hatte.

„Und letzten Donnerstag hab ich mir auch noch die Nase gestoßen", fuhr das Eichhörnchen fort.

„Hm, verstehe", brummte Jonathan, der nicht so richtig zuhörte, denn er suchte gerade etwas.

Da ist sie ja!", rief er. „Meine Schnur. Die brauchen wir heute nämlich."

Jonathan und das Eichhörnchen fuhren mit der Schubkarre durch den Park. Keiner von ihnen bemerkte die Tiere, die sich hinter einem dicken Baum versteckt hatten.

„Das Labyrinth ist schon lange fällig", sagte Jonathan. „Ich muss die Hecken dringend nachschneiden."

„Jonathan arbeitet heute im Labyrinth", wisperte der Fuchs.

„Wir müssen vor ihm da sein", flüsterte der Dachs. „Das gibt einen Spaß!"

Und er erklärte den anderen seinen Plan.

Die Tiere quiekten vor Begeisterung. Nur der Igel wusste nicht so recht. Er fand den Irrgarten sehr verwirrend.

„Ich bleibe lieber hier", sagte er. „Ich habe ... äh ... noch etwas zu erledigen."

Am Eingang zum Labyrinth stellte Jonathan seine Schubkarre ab.

„Hast du denn gar keine Angst, nicht mehr rauszufinden?", fragte das Eichhörnchen.

„Deswegen hab ich ja die Schnur dabei", erklärte Jonathan. „Ich mache sie am Eingang fest und wickle sie beim Gehen ab. Dann brauche ich bloß der Schnur zu folgen, verstehst du?"

Aber das Eichhörnchen hörte gar nicht richtig hin. Es war schon wieder mit etwas anderem beschäftigt.

„Hach, manchmal weiß ich gar nicht, was ich schöner finde – den Frühling oder den Herbst", seufzte es.

Auf der anderen Seite des Irrgartens schlüpften die Parktiere leise eines nach dem anderen durch die Hecke ...

„Wir schleichen uns zur Mitte und überraschen ihn dort!", flüsterte der Dachs.
„Wir springen aus dem Gebüsch und erschrecken ihn!", kicherten die Kaninchen.
„Pschscht!", zischte der Fuchs viel zu laut, wodurch das Gekicher von neuem losging.

Jonathan begann mit seiner Heckenschere zu klappern, und nach und nach sah die Hecke wieder ordentlicher aus. Wenn er hinaus musste, folgte er einfach seiner Schnur.

Inzwischen waren die Tiere in der Mitte des Labyrinths angekommen. Dort stand eine große Bank aus Stein, die aussah wie ein Löwe.

Zuerst warteten die Tiere ganz aufgeregt auf Jonathan. Aber er brauchte viel länger, als sie gedacht hatten. Vom langen Warten wurden sie müde. Und irgendwann schliefen sie ein.

Jonathans Heckenschere klapperte und klapperte. Ab und zu musste er die Arbeit unterbrechen, um eine Schubkarrenladung Zweige und Blätter nach draußen zu bringen.

Als Jonathan mit der leeren Schubkarre wieder umkehrte, hörte er plötzlich eine Stimme.

„Hallo, Jonathan!", rief der Igel. „Haben dich die Tiere im Irrgarten denn schon erschreckt?"

„Erschreckt?" Jonathan blieb stehen. „Äh... bis jetzt noch nicht", sagte er und lächelte.

Als Jonathan und das Eichhörnchen schließlich in der Mitte des Irrgartens ankamen, erwartete sie dort kein großer Schreck.

Jonathan musste leise kichern, als er die schlafenden Tiere entdeckte.

„Na, die werden sich wundern!", flüsterte er dem Eichhörnchen zu.

Jonathan schlich auf Zehenspitzen hinter die Löwenbank. Dann hustete er laut.

„Ähem! Entschuldigen Sie bitte!", sagte er mit tiefer, knurriger Stimme.

Der Fuchs klappte verschlafen ein Auge auf.

Nicht, dass es mir etwas ausmacht", fuhr Jonathan fort, „aber man könnte ja mal fragen, bevor man einfach auf mir einschläft!"

Der Fuchs starrte den Löwenkopf erschrocken an. Er traute seinen Ohren kaum.

Entschuldigen Sie vielmals. Das haben wir nicht gewusst. Wir dachten, Sie sind nur eine Bank."

Die anderen Tiere wurden wach und stellten erstaunt fest, dass der Fuchs sich mit einem Steinkopf unterhielt. Und dieser Steinkopf antwortete sogar!

„Ach, tatsächlich?", knurrte die tiefe Stimme. „Nur eine Bank, soso!"

Es tut uns sehr Leid", sagte der Fuchs. „Wie heißen Sie denn?"

Jonathan knurrte: „Ich heiße ..."

Aber in diesem Moment guckte eines der Kaninchen hinter die Bank.

„Er heißt Jonathan!", rief es.

Das Spiel war aus und Jonathan kam kichernd aus seinem Versteck hervor.

„Du hast uns reingelegt!", rief der Dachs. „Dabei wollten wir dich doch reinlegen!"

Der Fuchs musste plötzlich lachen. Und auch die anderen fingen wieder an zu kichern.

„Nun kommt", sagte Jonathan und sammelte sein Werkzeug ein. „Wer von euch mag Plätzchen und Tee? Ich führe euch hinaus. Wir folgen einfach immer nur der Schn..."

Jonathan verstummte. Vor ihm stand sein kleiner Helfer, das Eichhörnchen. Es hielt einen wirren Klumpen Schnur in beiden Pfoten.

„Das hier hast du vergessen. Ich hab alles für dich aufgewickelt!", sagte das Eichhörnchen.

Jonathan starrte es erschrocken an.

"Keine Angst", sagte der Fuchs. "Ich glaube, hier geht es lang!"

"Nein, dort!", widersprach der Dachs. "Ganz bestimmt!"

"Da hinten, ganz sicher!", meldete sich eine andere Stimme.

"Ich weiß nicht", sagte das kleine Eichhörnchen, das noch immer die Schnur hielt. "Aber ich hab so ein Gefühl, wir müssen da entlang!"

"Und ich habe das Gefühl, dass es die Plätzchen heute erst zum Abendbrot gibt!", stöhnte Jonathan.